CLAVDE BERNARD ROVSSEAV AVDITEVR DES COMPTES

DEVISES
ET
EMBLESMES
D'AMOVR
MORALISEZ.

GRAVEZ

Par ALBERT FLAMEN.

A PARIS,

Chez OLIVIER DE VARENNES, en sa boutique proche la petite porte du Palais, sur le Quay des Orfevres.

M. DC. LIII.

DEVISES
ET
EMBLESMES
D'AMOVR
MORALISEZ.

GRAVEZ

Par ALBERT FLAMEN.

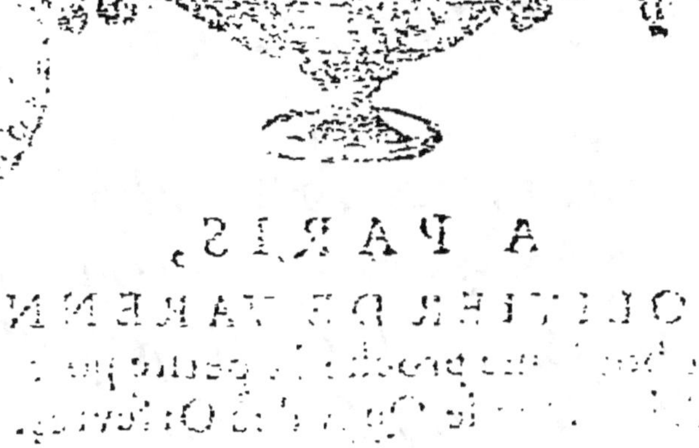

A PARIS,

Chez OLIVIER DE VARENNES,

au Palais, [illegible] gallerie [illegible]

[illegible] Vase d'Or [illegible]

M. DC. LIII.

A MONSIEVR MONSIEVR LOVIS HESSELIN,

CONSEILLER SECRETAIRE DV ROY, ET MAISTRE DE sa Chambre aux deniers, &c.

MONSIEVR,

Sans les Peintres & les Historiens vous ne verriez tres-assurément que l'ignorance & l'oubly des choses passées parmy les hommes; Et encore que les vns & les autres ne fassent rien que de

ã ij

mort & de materiel, ils ſont les ſeuls neantmoins qui donnent la gloire & l'immortalité à tout ce que nous faiſons de plus rare & de plus releué pendant la vie. Si nos noms ne demeurent grauez, & ſi nos vertus ne ſe trouuent eſcrites apres nous, peu d'années nous mettent au rang de ceux qui n'ont jamais veſcu, & les plus Illuſtres de la terre ſont auſſi peu connus, que s'ils n'auoient rien fait ny rien entrepris, non plus que les ſtupides & les inutils qui ne demandent qu'vn ſilence eternel pour partage. Vos vertus ſont trop belles & trop reuerées, MONSIEVR, *pour n'auoir pas plus de durée que voſtre corps; Et puis que vous eſtes l'amour de ceux qui vous connoiſſent, & vn modelle de pieté pour ceux qui vous frequentent; C'eſt à vous que ie conſacre ces Emblemes accommodées à noſtre naturel, qui veut quelque choſe pour les ſens, ſans oſter la meilleure partie & les fonctions principales de l'ame & de l'eſprit qui nous gouuerne. Tant que nous aurons des corps nous ne ſçaurions les deſtacher de quelques plaiſirs legitimes & innocens, l'humanité nous y porte, les Loix de Dieu ne les deffendent point, & nos Autheurs les plus contemplatifs ſouffrent que nous leur en donnions quelques-vns pour monſtrer que nous ſommes mortels, & vn peu moins que les Anges par là ſeulement.*

Les ſages comme vous, MONSIEVR, *les ſçauent temperer, & vous trouuerez ceux que ie vous deſpeint ſi reglez & ſi raiſonnables, que vous confeſſerez qu'on peut viure en ce monde comme ſi on n'eſtoit point attaché à la chair, & qu'on peut auſſi y trouuer des diuertiſſemens que les plus ſeueres n'oſeroient condamner iuſtement. Ie vous en fais le premier juge, puisque vous serez le premier censeur de cet Ouurage, & si ie sçay qu'il vous apporte quelque satisfaction & quelque diuertissement, ce me sera vn puissant motif pour entreprendre quelque chose de plus considerable & de plus important, afin de meriter de plus en plus la qualité que ie prend,*

MONSIEVR,

de

A Paris ce 26.
May 1653.

Vostre tres-humble, & tres-obeïssant seruiteur,
LOVIS BOISSEVIN.

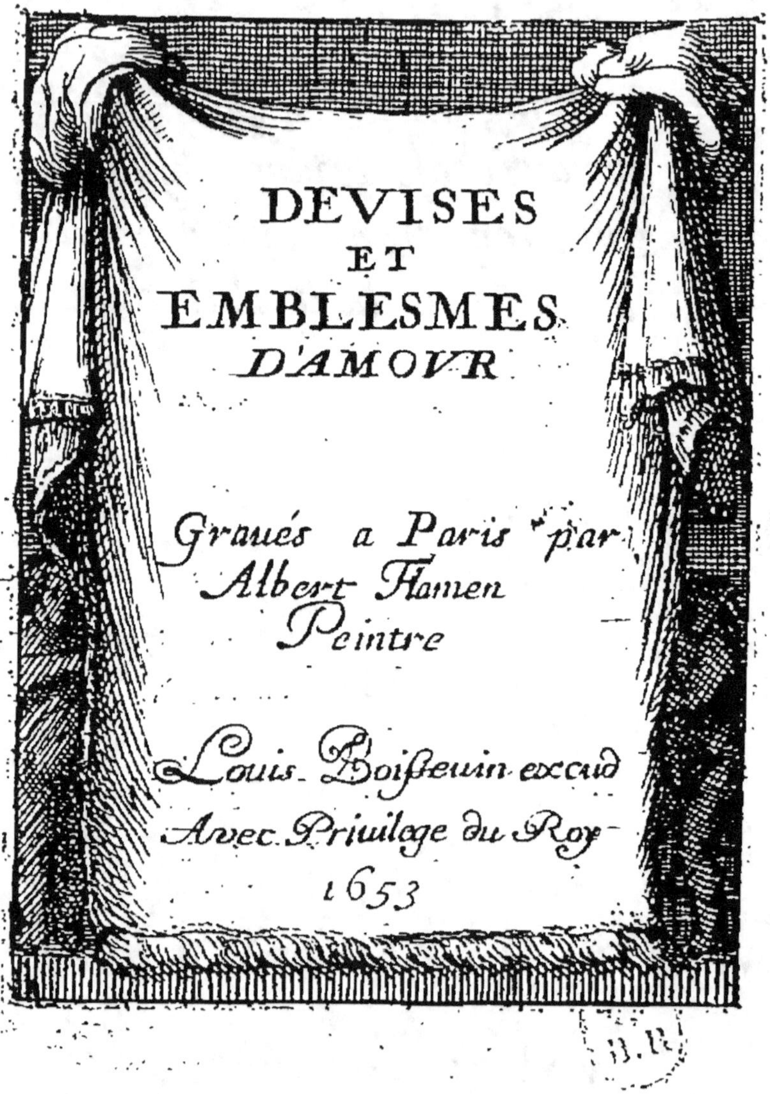
DEVISES
ET
EMBLESMES
D'AMOVR
Graués a Paris par
Albert Flamen
Peintre
Louis Boisseuin excud
Auec Priuilege du Roy
1653

EXPLICATION.

COMME l'eau, dont se sert ce Forgeron, rend plus viue & plus ardente la flâme de son fourneau ; ainsi les larmes que produisent ces petites & delicates piquotteries, enflâment au double la reciproque bien-veillance de deux amis.

MORALITÉ.

SAINCT Augustin nous apprend que le plus grand secret pour allumer dedans nos cœurs le feu Diuin, c'est de jetter des larmes, *Vbi lacrymæ fuerint, ibi spiritalis ignis accenditur.* Et l'Escriture Saincte, dont le tesmoignage est infaillible, nous asseure que l'eau de la Mer, ny de tous les Fleuues de la terre, n'est pas capable d'esteindre les flâmes de la Charité, quand elles resident veritablement en vne ame, & qu'elle en est vne fois puissamment embrasée.

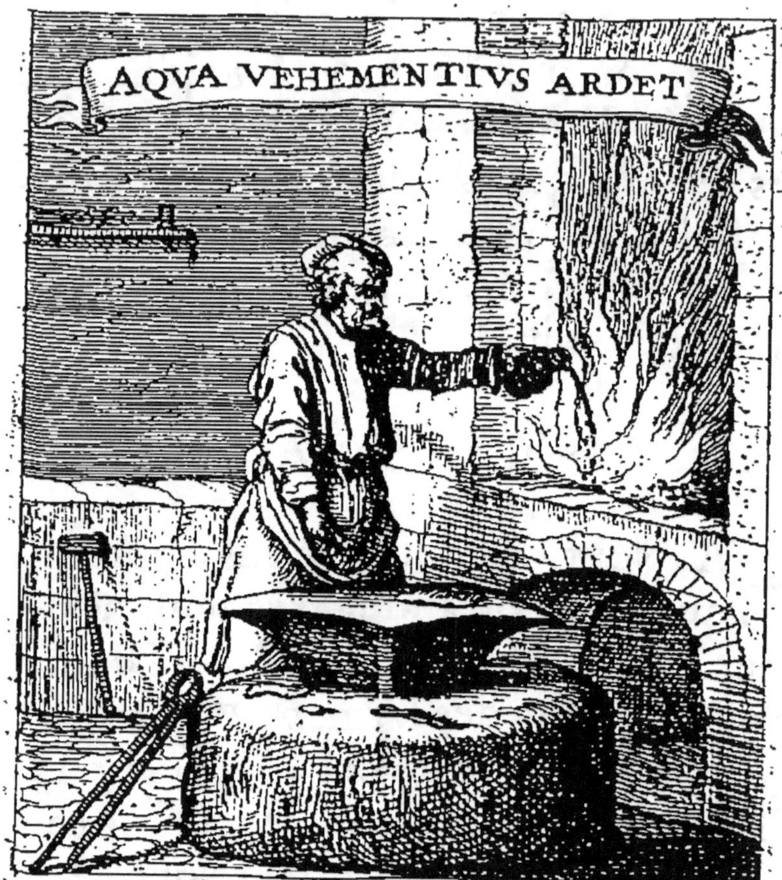
AQVA VEHEMENTIVS ARDET

Il le rend plus ardent.

VOICY le ſymbole du Vieillard Amoureux, qui dans la faiſcheur de ſon ſang, ne laiſſe pas de nourrir vn feu tres-deuorant; la nature donne des forces nouuelles à cette flâme pour ſe deffendre de l'humidité qui l'enuironne : Et le Dieu de l'Amour en reprend de nouuelles, pour brûler plus cruellement les veines dans leſquelles la glace luy ſembloit former oppoſition :

——— *Amor crudelius vrit,*
Quos videt inuitos ſuccubuiſſe ſibi, Prop.

QVI que tu ſois qui t'abandonnes pour le reſte de tes iours aux impuretez, & qui es ſi laſche que d'attendre que le vice te quitte, puis que les ſemonces de l'Eſcriture n'ont rien gagné ſur ton eſprit, écoute le langage d'vn Païen, peut-eſtre que ſon diſcours te ſera plus familier : C'eſt Ouide qui a donné des leçons de l'Amour à tout le monde, & qui preuoyant ton infamie, l'a condamnée par ce reſte de vers :

——— *Turpe ſenilis Amor*. Amor. lib. 1.

5 *Le feu vient de leau.*

IL est impossible de se deffendre d'aimer qui nous ayme; C'est vne fiévre qui se gagne par transpiration, vne maladie semblable à celle des yeux, qui se contracte en regardant des yeux malades. Donc *Si vis amari, ama:* Voulez-vous estre cheri, commencez à aymer le premier.

PLEVST à Dieu que tout le monde eût bien pesé cette Deuise; si la fidelité est tousiours recompensée de l'Amour, voyez quelle Couronne est promise à la perseuerance d'vn veritable Chrestien: s'il est tel, il faut de necessité qu'il soit fidele; Il ne peut estre fidele, qu'il ne le soit enuers Dieu; & Dieu ne peut voir sa fidelité, qu'il ne luy donne son Amour; Amour si accomply, que toutes les douceurs, tous les plaisirs, toutes les satisfactions imaginables se rencontrent dans sa possession.

Fidelité merite amour

CEs legeres vapeurs, ces petits nuages, qui paroissent du costé du Leuant lors que le Soleil commence sa carriere, seruent de presage que le reste du jour sera beau ; ainsi ces legeres oppositions, ces foibles resistances, ces petits dédains que tu remarque au premier aspect d'vne beauté qui commence à prendre l'Empire dans ton cœur, sont des témoignages de l'auantage, & des contentemens que tu dois attendre de tes poursuites.

DONNONS vn meilleur sens à cette application, & puisqu'il est certain que tout reüssit à bien à ceux qui aiment Dieu, *Diligentibus Deum omnia cooperantur in bonum :* Disons que tous les trauaux, toutes les difficultez, toutes les oppositions qui enuironnent le iuste, & qui paroissent aux yeux charnels, le persecuter, sont autant de rempars, autant de deffenses, qui conseruent l'interieur de son ame dans vne profonde paix, & dans vne quietude tres-accomplie.

9 *Esperance de beau temps*

IL n'y a rien qui s'enflâme si promptement que la paille, il n'y a rien que le feu quitte plustost ; De mesme les esprirs les plus susceptibles d'Amour, sont les plus sujets à prendre le change ; la force qui leur manque pour resister à cette passion, quand elle les vient attaquer, ne les sert pas mieux lors qu'il est question de resister à toutes ces petites disgraces, qui en ont esté de tout temps inseparables.

SI le sujet de ce feu estoit plus condense & plus materiel, n'est-il pas vray qu'il ne s'esteindroit pas si tost ? Si le feu de nos affections se pouuoit attacher à quelque objet solide, qui fust permanant, qui ne changeast point, à qui le temps n'apportast aucun desordre, de qui la bonne humeur ne peût donner aucun dégoust, il est certain, qu'au lieu de s'esteindre, il iroit toûjours croissant, & que sans consommer son sujet, il le brûleroit eternellement. Pourquoy donc quitter IESVS, qui demeure tousiours pour vous attacher au monde qui passe ?

11 *Elle ſallume et ſeiteint promptement*

LA nature a ſes degrez, par leſquels il faut que tous les eſtres mortels ſe perfectionnent; tout ce qui ne paſſe point par là ne peut durer; Ces Champignons qui croiſſent en vne nuict, periſſent en vne autre; Ces eſprits qui viennent au monde tous formez, ne viuent pas long-temps; l'Amour qui s'empare en vn inſtant d'vn cœur, n'a pas enuie d'y eſtablir ſon trône.

SI l'on remarque force eſprits du naturel de ces Champignons dans le monde, croyez-moy qu'il y en a bien autant à proportion parmi ceux qui ſe dégagent du ſiecle: Combien en voyons nous qu'vne boutade a jettez dans le Cloiſtre? combien qu'vne chaleur de foye a retiré du monde? combien qu'vn zele prompt & inconſideré a rendu ridicules aux eſprits les mieux faits. Quelque bonne profeſſion doncques vous vouliez embraſſer, lors qu'il eſt queſtion d'vne nouuelle vie, voyez à l'eſtablir ſur de ſolides principes, autrement elle ne peut pas eſtre de longue durée.

QVOD FACILE EMERGIT, NON EST DVRABILE

13 *Les choses qui viennent tost sont de peu de durée.*

LA Sphere du feu, disent les Philosophes, ne souffre point d'alteration, parce qu'elle ne participe rien de toutes ces imperfections d'icy bas; Disons le mesme de nos amitiez, elles seront sans doute eternelles, pourueu qu'elles soient espurées de tous ces objets bas, de tous ces principes abjets; en vn mot, de toutes ces pensées qui tiennent du terrestre.

LEs amitiez que l'objet de la vertu rend pures se peuuent glorifier de l'eternité, à plus iuste titre que ce feu, lequel, quoy que perdurable, mesme apres la consommation des siecles, se contentera de remplir la terre; & tout le materiel qui l'enuironne, au lieu que ces amitiez estans couronnées dedans les Cieux, y tiendront le dessus, & joüiront de tous les veritables plaisirs qui se peuuent rencontrer dans vne saincte vnion de volonté.

Il est eternel parce quil est pur

HEVREVX celuy qui rencontre vn amy du naturel de cette fleur, *Tu mihi, si qua fides cura perennis erit:* Ie me souuiendray eternellement de vous, ou me croyez homme sans foy, dit Ouide au premier de ses Amours, & apres luy generalement tous les Amoureux; cependant combien en voyons-nous qui accompagnent ce qu'ils ayment iusques au tombeau? combien peu qui suiuent leurs Maistresses iusques en leur couchant?

CE tourne Sol, apres auoir suiuy le Soleil pendant sa course, ne l'abandonne point qu'il ne le voye coucher. Que deuons-nous faire pour le Soleil de nos ames? IESVS-CHRIST est sur le Caluaire, où toutes ses lumieres se cachent à nos yeux; il est sur la Croix, où les rayons de sa Diuinité esclattent le moins; en vn mot, il se couche, ne soyons pas si lasches que de l'abandonner.

17 *Je le ſuiuray iuſques la.*

SI l'on a tousiours creu que les paroles de ciuilité n'engagent point ceux qui les proferent, que penserons-nous de celles des Amans? mais plustost pour ne point faire de tort au sexe, dont nous faisons partie, que dirons-nous de celles des Filles? les comparerons-nous aux feüilles de cet arbre qui s'envollent au moindre vent? Ouide qui les cognoissoit bien n'en a pas fait de difficulté au second Liure de ses Amours:

—— *Foliis leuiora Caducis.*

QVE les paroles de Dieu sont differentes de celles des hommes; Elles sont tousiours veritables, au lieu que pour l'ordinaire celles-cy sont fausses; Elles sont eternelles, celles-cy n'ont point de durée; Elles sont solides, celles-cy sont legeres; Elles sont permanentes, celles-cy s'en vont au premier souffle; Et cependant nous sommes si dépourueus de raison que nous croyons plus aux discours du monde, que nous ne deferons à ceux qui nous viennent du Ciel.

19 Parolles des filles

LA peau du Cameleon est si susceptible des couleurs, qu'elle prend tousiours celle du sujet qui luy est le plus proche : Et l'esprit de la femme est si changeant, qu'il se laisse aller à toutes sortes d'impressions ; Il change à tant de vents qu'on peut dire, que ce sexe n'a rien de si constant que son inconstance, rien de si ferme que sa legereté, *Varium & mutabile semper fœmina*, dit Virgile.

NOvs pourrions en dire autant des Hypocrites, dont la vie est semblable à ces visions fantastiques, qui ne manquent point de faire voir tout ce qui n'est pas en effet ; Ils changent à tous propos, ils se transforment selon les places qu'ils ont à occuper ; mais cela n'a point de suite, ils reuiennent toûjours à leur premiere nature, parce que, comme disoit autrefois Seneque à Neron ; *Nemo potest naturam fictam diu ferre, ficta in naturam suam redeunt, quibus autem veritas subest ex solido euanescunt.*

21 *Rien de conſtant*

CEtte affetée a des filets en ses cheueux, elle a des amorces en ses œillades; le miel distille en apparence sur ses levres; elle ménage si agreablement les mouuemens de ses yeux, qu'il est presque impossible de leur refuser quelque chose; le reste de son visage est tout remply d'apas; & l'Amour qui se trouue fort dans le retranchement de ses finesses, ne manque point à luy suggerer toutes les choses qui te peuuent tromper, *Fallendique vias mille ministrat amor.* Quelque resolu que tu sois, les caresses, les mignardises, les souris, & vne infinité d'autres charmes t'attireront insensiblement, si tu t'amuses à les regarder.

LE Demon voyant bien qu'il n'est pas assez fort pour gagner vn cœur, lors qu'il est fortifié de la grace, a recours aux addresses; il s'insinuë doucement, il déguise les suites, il adoucit les consequẽces, il presente le mal sous l'apparence du bien; & ainsi s'efforce par tous moyens d'emporter par surprise ce qu'il ne peut à force ouuerte.

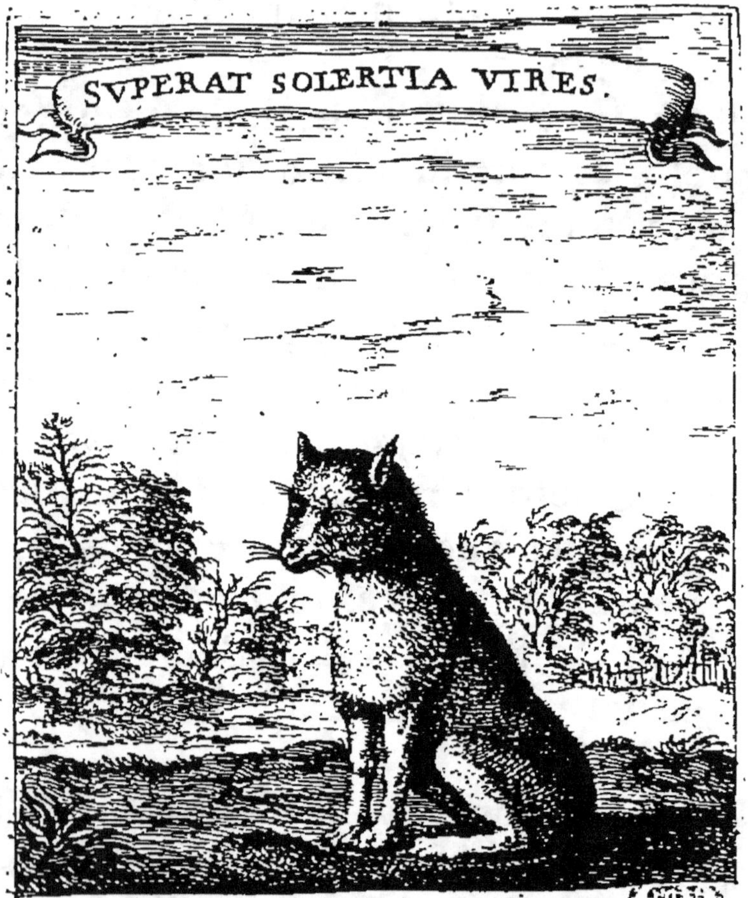
SVPERAT SOLERTIA VIRES.

23 *Plus fin que fort.*

NE vous imaginez pas que tout le monde soit maistre dés le premier jour en cette école, l'art d'Aymer est fort facile, mais il est mal-aisé de bien aymer : & de cinquante qui l'entreprennent, à peine en voyons-nous vn qui reüssisse. Le chariot de l'Amour, aussi bien que celuy du Soleil, veut estre conduit auec addresse ; les Amours veulent estre ménagez auec prudence :

Arte leues currus, arte regendus amor.

Ouid. lib. 1. de arte.

SI vous admettez la necessité des preceptes dans l'Amour du monde, pourquoy refusez-vous les methodes que l'on vous donne, d'aymer Dieu : Ne sçauez-vous pas qu'on n'y peut reüssir heureusement sans conduite? & que ceux qui se croyent les plus éleuez dans cet estat de perfection, sont aussi temeraires que ce jeune Phaëton, qui s'appuyant sur ces propres forces, ne manque point de tomber.

25 *Il se conduit par adresse.*

CEVX qui ont laissé des preceptes de l'amitié, veulent vne tres-grande correspondance entre les amis : Ils demandent en leur vnion qu'il n'y ait que cette discorde à qui sera le plus redeuable, & veulent iuger de cette belle habitude par la confidence ; Telle qu'est la communication, disent-ils, telle est l'amitié : Ciceron la demande si entiere & si accomplie, qu'il veut qu'on puisse regarder son amy, comme vn portrait de soy-mesme, *Amicum qui intuetur, exemplar intuetur sui.*

L'AMOVR détache l'ame du corps qu'elle anime, pour l'vnir à ce qu'elle ayme ; & par vne merueille qui surpasseroit toute creance, si elle n'estoit si commune, elle deuient semblable à ce qu'elle cherit. C'est de là que les Saincts tirent leur gloire, & que la Verité qui parle par leurs bouches, les oblige de cõfesser qu'ils viuent plus en Iesus-Christ qu'en eux-mesmes : *Viuo ego iam non ego, viuit verò in me Christus,* dit l'Apostre S. Paul, diuinement instruit dans la nature de cet amour.

En me regardant tu te vois

27

VIRGILE dans les Eglogues explique par vn mot ce qui se peut tirer sur ce sujet :

Qui amant sibi somnia fingunt,

Les pensées des Amoureux sont semblables aux idées de celuy qui sommeille, & tout ce que les songes produisent de fâcheux, déplaisant, d'agreable, de ridicule, d'extrauagant, sert de sujet à l'occupation de leurs esprits, lesquels n'agissant plus qu'au trauers de cette passion, voyent bien autant de bigarures, que l'œil qui regarde au trauers de cette lunette.

POVRQVOY donc tant de tourments? pourquoy tant de peines? pourquoy tant d'allées & venuës? pourquoy tant de fatigues d'esprit, puis que le sujet de toutes tes jalousies n'est qu'vn songe? Tu cours apres vn fantosme, tu suis vne fumée, & quand il y auroit quelque verité en ton soupçon, en bonne foy, voudrois-tu trouuer ce que tu cherches?

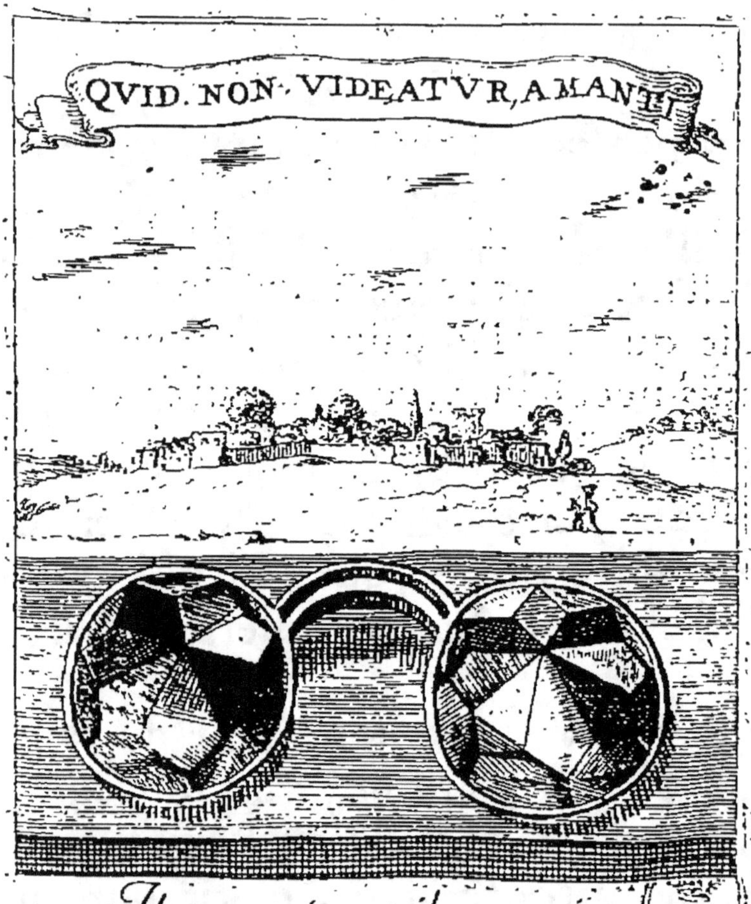
QVID. NON. VIDEATVR, AMANTI

29 *Il n'y a rien qu'il ne voie.*

SI les liens de cet arbre sont necessaires pour le conseruer, ceux de l'amitié ne le sont pas moins pour maintenir la societé ciuile; si ceux-là font croistre cette greffe, ceux-cy augmentent le monde; si cet ante ne se peut passer des siens, aussi font les hommes des leurs. Et c'est sans doute cette impossibilité, qui fait que les Romains ont appellé les amis necessaires, comme qui diroit *necessarios*, & l'amitié *necessitudo*; laquelle seule suffit à la conseruation du monde, les loix n'ayans esté introduites que pour nous contraindre par leur authorité, aux choses où l'amitié estoit capable de nous porter volontairement.

SAINCT Bernard nous fournit vne belle pensée à ce propos: il remarque trois sortes de liens en IESVS-CHRIST: Les cordages, les clouds, & les parfums, & parce que ces deux premiers ne representent que la crainte & les promesses, il les quitte bien-tost, & demeure pendant trois iours renfermé dans son Tombeau auec ces aromates symbole de la Charité.

31 *Le lien me faict croiſtre.*

CE Chien a ſuiuy ſon Gibier, tant qu'il a couru deuant luy; maintenant qu'il eſt abbatu, il le neglige, & tout preſt à pourſuiure celuy qui partiroit de nouueau; il conſerue indifference pour celuy qu'il atterre: Ainſi fait-on pour l'ordinaire dans l'amour, tant que l'on trouue de la reſiſtance l'on pourſuit; plus l'on rencontre d'oppoſitions, plus l'on s'efforce de vaincre: Et ſi l'on eſt ſi heureux que d'obtenir ce que l'on demande, c'eſt pour lors qu'on mépriſe ce que l'on eſtimoit ſi fort auparauant,

Cui peccare licet peccat minus, ipſa poteſtas ſemina neqnitiæ languidiora facit.

C'EST icy où les Amoureux de l'vn & de l'autre ſexe peuuent prendre leçon, les Filles apprendront à conſeruer auec ſoin ce qu'elles ne peuuent perdre qu'vne fois; les hommes à negliger de bonne heure ce qu'ils doiuent mépriſer, apres beaucoup de peines; Et tous enſemble, s'ils veulent ouurir les yeux, découuriront les addreſſes du malin Eſprit, qui les porte touſiours à ſouhaitter ce qui eſt deffendu.

Nitimur in vetitum ſemper, cupimuſque negata, Ouide.

Il

Il negslige ce quil a pris.

33

IL en eſt des belles & ſages filles comme du Soleil, qui eſchauffe tout le monde ſans auoir en ſoy aucun degré de chaleur ; il enuoye ſes rayons aux autres corps, ſans qu'il reçoiue atteinte d'aucun.

QVE ſi tu ne crois pas les pouuoir éuiter, & que tu t'imagine eſtre dans vn âge auquel ce doux mal ſemble inéuitable, & preſque neceſſaire; prend ſoin de gouſter de cette paſſion comme du miel, mediocrement, de peur de vomir; priſe moderément, elle éueille l'ame, luy donne vne chaleur agreable qui n'eſt point ſans lumiere; C'eſt elle, diſoit Platon, qui eſt mere de l'honneſteté, de la gentilleſſe, de la politeſſe, & de toute vertu : Mais auſſi, ſi tu en taſtes auec excez, elle offuſquera ton jugement; elle aſſoupira les facultez de ton ame, & affoiblira tes nerfs en ſorte, que de corps & d'eſprit, tu ne paroiſtras plus qu'vne ſquelette.

35 *Il eschauffe sans estre chaud*

ESTES-VOVS de loisir ? aymez, & vous ne manquerez pas d'occupation;

Qui non vult fieri desidiosus amet.

Quiconque ne veut point estre oisif, n'a qu'à aymer, dit Ouide en la 9. Elegie du premier Liure de ses Amours.

MAIS sans vous en r'apporter, au dire d'vn Poëte, faites-en vous mesme l'experience; & pour ne point trauailler inutilement, logez d'abord vos inclinations en lieu où elles puissent trouuer employ sortable à leur nature. Elles sont fermes, que leur sujet ne soit point changeant; Elles sont raisonnables, qu'il ne soit pas hebeté; Elles sont legitimes, qu'il ne soit pas deffendu; Elles sont creées pour l'eternité, qu'elles prennent vn objet qui ne puisse finir.

37 *Jamais oisif*

LE feu de l'Amour, non plus que celuy de la poudre, ne ſe peut enfermer; & celuy-là, comme celuy-cy, ne fait iamais tant d'effet, que quand il eſt le plus ſerré; Cette paſſion affectueuſe eſt langagere, & comme les animaux qui ſont piquez de l'auertin, ſe manifeſtent par leurs cris, ainſi font les Amans par leurs plaintes.

ESPRITS ſuperbes, qui cherchez à vous faire cognoiſtre, hommes vains qui taſchez à immortaliſer vos actions, & les rendre publiques, en voicy le ſecret: Le feu de l'Amour ne ſe diſſimule point, il ſe trahit par ſa propre lumiere:

—— Quis enim celauerit ignem
Lumine qui ſemper proditur ipſe ſuo.

Celuy de Dieu eſt eternel, il ne peut auoir de fin: Aymez donc Dieu, & les pretenſions de vos eſprits ſe trouueront heureuſement accomplies.

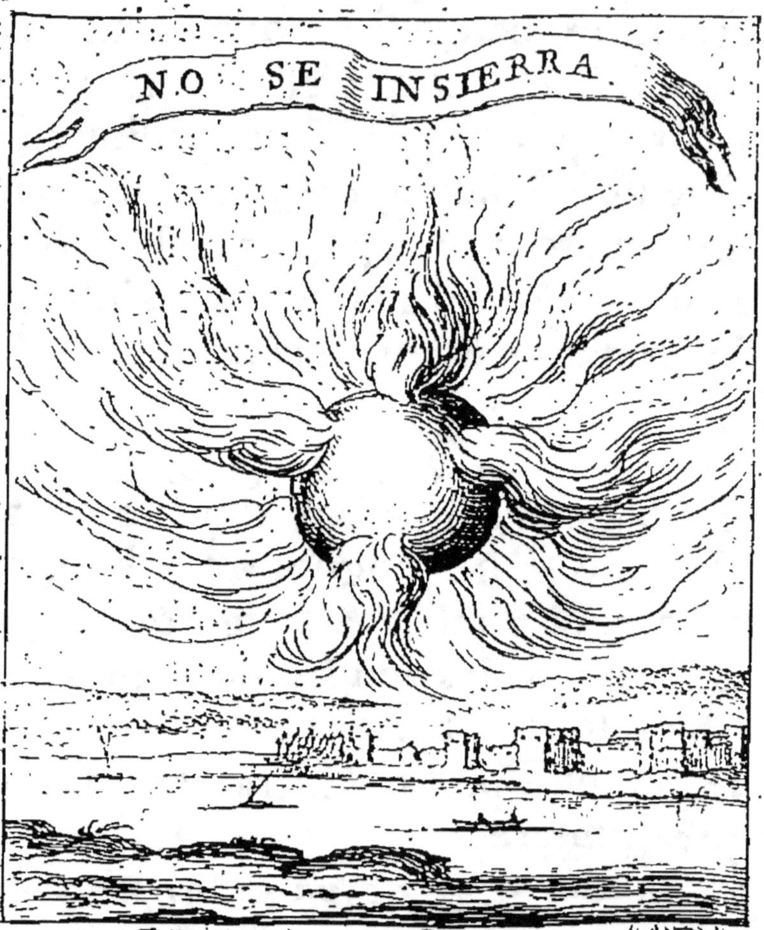

39 *Il ne se peut Enfermer.*

COMBIEN d'exemples ont verifié la verité de cet emblesme ? L'Amour fit resoudre Hercule d'aller iusques au plus profond des Enfers, Orphée va chercher sa chere Euridice iusques dans l'empire des morts, Pylades & Orestes veulent mourir l'vn pour l'autre, Castor & Pollux partagent ensemble aussi bien la mort que la vie.

MAIS raisonnons plus saintement: l'Amour de IESVS-CHRIST ne l'a-t'il pas fait mourir sur le Caluaire ? Et sur cette mesme Montagne n'a-t'il pas triomphé de la mort ? Beaucoup de Saincts encouragez par cet exemple, sont morts par vn excez de charité : on en a veu, dont la dilection estoit si forte, qu'elle allumoit vn brasier dans leur poictrine qui les consommoit; On en a trouué, dont le cœur s'est fendu par la violence de leur Amour.

41 *Plus fort que la mort.*

CE flambeau aussi bien que celuy de l'Amour, a le plus d'effet lors qu'il est le plus prés de s'esteindre; il ramasse toutes ses forces dans ce dernier combat: & comme si la nature qui s'oppose tousiours à la destruction de son ouurage luy en donnoit de nouuelles, il élance ses flâmes, & les fait voir dans le milieu de l'air, au lieu qu'auparauant elles demeuroient attachées à la matiere de ce mesme flambeau.

QVE cette deuise seroit proprement appliquée à la mort du juste, *Moriendo corruscat*: c'est dans le moment de cette heureuse separation que son ame brille de toutes les vertus qu'il a pratiquées, qu'elle éclate de toutes les bonnes actions qu'il a faites, qu'elle reluit de toutes les œuures de charité qu'il a exercées; & c'est pour cela qu'elle est dite dans l'Escriture precieuse aux yeux de Dieu: *Prætiosa in conspectu Domini, mors Sanctorum eius.*

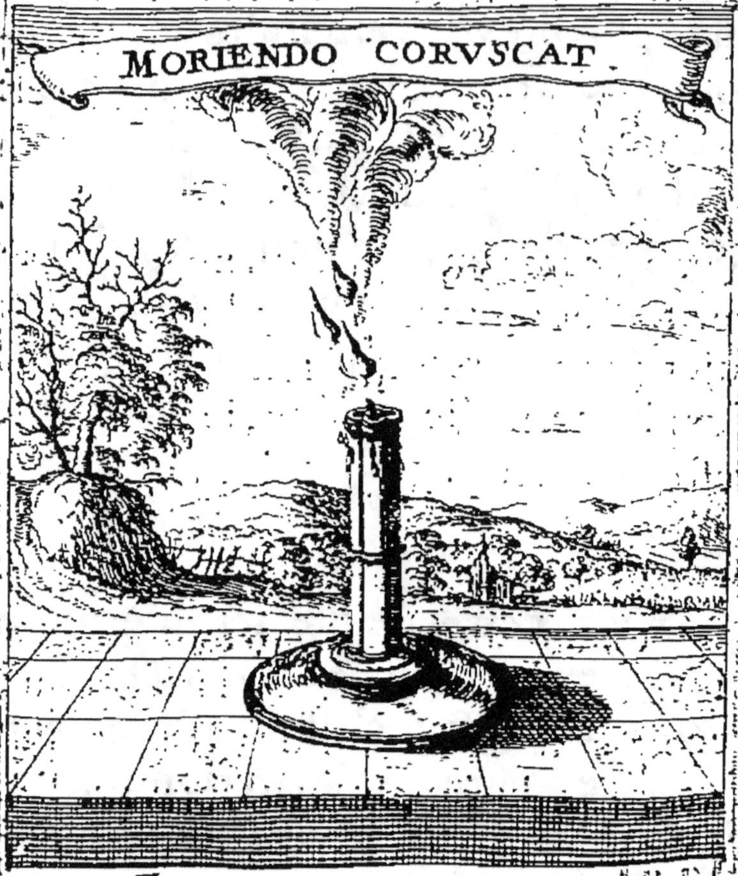

Il brille en mourant.

43

LE Phœnix, disent les Naturalistes, reuit de sa cendre, il se brusle, & dans l'esperance qu'il a de se voir renaistre, il entretient vn Amour qui n'est pas infructueux :

Vritur, nec sterilem sperando nutrit amorem.

Quand cette imagination ne seroit pas veritable, elle vient trop bien à nostre sujet pour la rejetter ; & comme elle s'explique d'elle-mesme, ie reserue le reste de cette page pour la moralité.

VOICY vne bien naïfue representation du Chrestien, qui ne peut viure à la Grace que par la mort qu'il reçoit dans le Baptesme ; Il faut qu'il soit enseuely dans le sepulchre que l'Amour de IESVS-CHRIST luy a basty, s'il veut viure sous la Loy que Dieu luy a prescrite ; il faut qu'il s'aneantisse, s'il veut estre quelque chose aux yeux de l'Eternel, & qu'il fasse mourir en luy la vieille creature, pour y establir la nouuelle.

Il viura malgré la mort

45

LA peau de l'Asne seruant à faire les tambours, on peut dire qu'il combat apres sa mort, & ces vieux Amants, à qui le temps a plus laissé de paroles que d'effets, n'estans desormais bons qu'à porter les autres au combat, ne doiuent point se fascher, si en ce sens ie les compare à cet animal.

MAIS qui sont ceux qui combattent veritablement apres leur mort? Ce sont ces genereux Athletes, qui estants morts vne fois au monde, luy liurent tous les jours des assauts; Ce sont ces Chefs de reforme qui combattent encore cent ans apres leur mort contre les vices; Ce sont ces Martyrs glorieux, dont le sang separé de leurs veines, ne laisse pas de destruire l'impieté.

47 *Il combat apres sa mort*

CE Soleil ne laiſſe pas de bruſler, & pour l'ordinaire le rayon qu'il darde au trauers de la nuée eſt le plus cuiſant : Qu'vne œillade lancée du coin de l'œil a d'effet ! Qu'vn regard contraint eſt violent ! Qu'vn cœur veritablement amoureux eſt échauffé par les oppoſitions qu'il trouue en ſes recherches.

QVOY que les regards de Dieu ſoient toûjours fauorables, & que dans le ſentiment des Peres regarder & faire miſericorde ſoient la meſme choſe dans la Diuinité ; il eſt neantmoins vray, que quand cette œillade Amoureuſe vient à percer les nuages épais des vices qui enuironnent vne ame, ſon rayon agit auec tant d'efficace, qu'il ne manque point de former des ouurages tres-accomplis dans l'ordre de la Grace.

49 *Il luit au trauers* B.C.

ON ne conçoit pas l'ardeur du feu qui consomme vn Amant, ce qu'il renferme dans sa poitrine est bien plus violent que ce qu'il fait exhaler par ses soûpirs; ce mal se ressent, & ne se peut exprimer; tout ce que l'on en peut dire, est qu'il brusle d'autant plus qu'il est caché:

Quoque magis tegitur, tectus magis æstuat ignis.

Et sa moindre étincelle est vne marque d'vn fort grand embrasement.

CEt Amour illicite que tu nourris dedans ton sein, iette des flâmes qui gagnent insensiblement tes entrailles, son feu se glisse dans tes arteres, & détruit en sorte toutes les parties de ton miserable corps, que les plus méchantes plantes seront celles qui y ietteront les plus profondes racines: Ouide sera caution de ce que j'auance:

Interea tacitæ serpunt in viscera flammæ,
Et mala radices altius arbor agit.

51 *Plus dedans que de hors.*

LE pouuoir de l'Amour eſt ſi vniuerſel, que iuſques icy nous ſommes à voir paroiſtre vn homme qui luy ait reſiſté :

—— *Omnia vincit amor :* dit Virg.

Et il eſt ſi abſolu, qu'on ne s'y ſoubmet iamais qu'on ne renonce à toute liberté ; en ſorte que ſi quelqu'vn veut aymer, il faut qu'il prenne reſolution d'eſtre eſclaue :

Libertas quoniam nulli iam reſtat amanti,
Nullus liber erit ſi quis amare volet.
Propert. lib. 2.

LEs Anciens ont reconnu ce pouuoir ſi grand, qu'ils y ont ſoûmis leurs Diuinitez plus puiſſantes ; mais ſans auoir recours au Paganiſme, que croyons-nous de noſtre Dieu ? ne ſçauons-nous pas ce que l'Amour luy a fait faire ? Puis donc qu'il faut ſubir ce joug, voyons à le prendre le moins rigoureux qu'il nous ſera poſſible ; puis qu'il faut renoncer à noſtre liberté, que ce ſoit en faueur de IESVS, dont l'eſclauage eſt tres-doux, & tres-agreable.

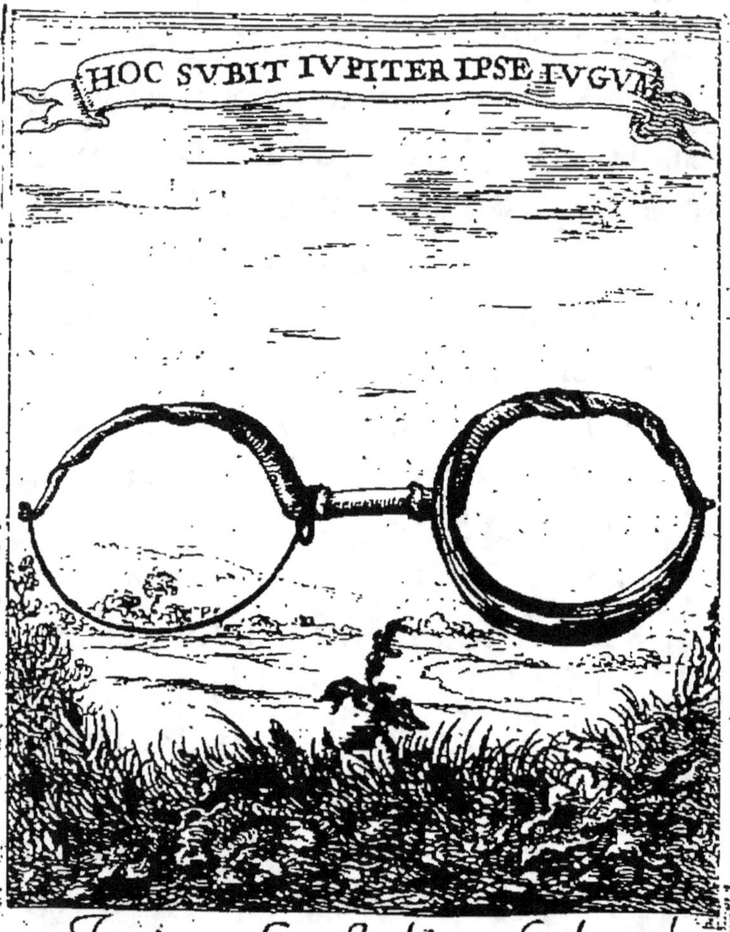
HOC SVBIT IVPITER IPSE IVGVM

53 *Jupiter sy est bien soubmis*

IL n'y a rien de plus doux que ce mouton, lors qu'il est dans son naturel, & maintenant qu'il est aigry vous le voyez en cholere: il a fallu du temps pour l'agasser, il s'est mocqué des premiers coups que cet enfant luy a donnez; à present il l'attaque le premier, il va droit au choc, il ne veut plus de paix, tant il est vray que la patience offensée dégenere en furie; Si donc vous voyez quelqu'vn qui vous souffre, qui vous tesmoigne volontiers affection, ne le mesprisez iamais quelque doux & patient qu'il puisse estre.

ET pour vous donner vne instruction plus solide, qui regarde vostre particulier, comme la precedente auoit pour but la societé; souuenez-vous que la souffrance est recommandée en mil endroits dans l'Escriture; Que Salomon au 14. de ses Prouerbes met la patience comme vne marque de sagesse; & qu'enfin il n'y a que la perseuerance qui soit couronnée dedans les Cieux.

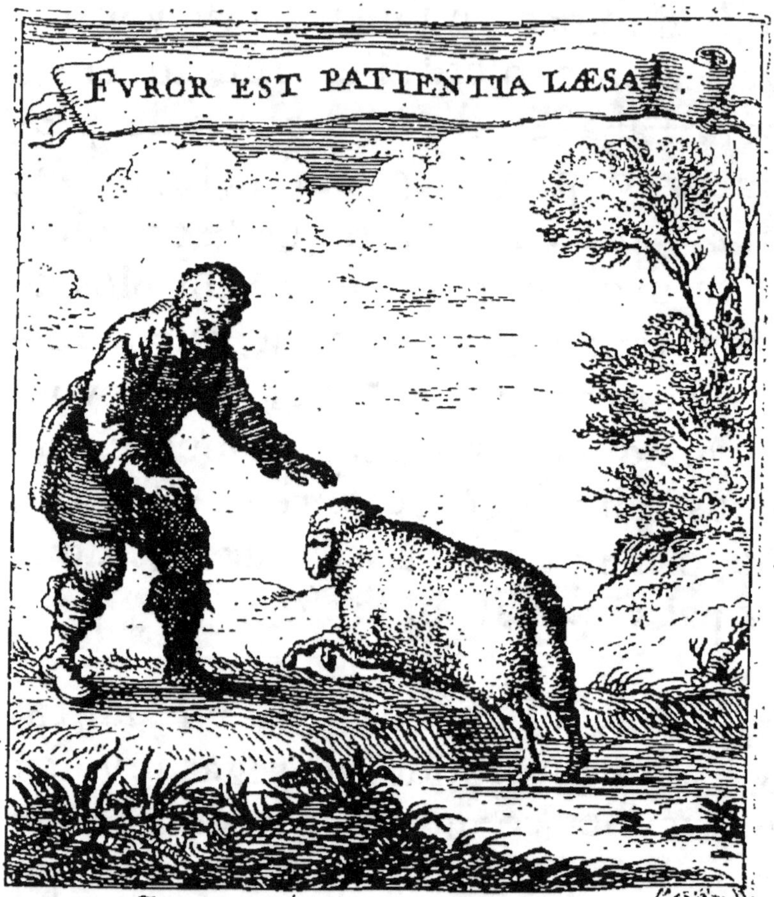
FVROR EST PATIENTIA LÆSA

55 La patience deuient fureur.

CEVX qui ont approfondi les secrets de la nature disent, qu'il y a vne inclination si parfaite & reciproque entre ces arbres masles & femelles, qu'ils ne peuuent viure éloignez les vns des autres; qu'ils abbaissent leurs palmes, & courbent leurs troncs pour se joindre, sans que les riuieres qui passent entre deux, les en empeschent. Que si l'vn est malade, l'autre s'en ressent, & beaucoup d'autres proprietez qui feroient rougir les amitiez les plus raisonnables.

VENEZ tous tant que vous estes, que le Sainct nœud de l'Amour a vnis, venez & prenez leçon de ces Palmiers qui vous disent secrettement,

Nunc duo concorde: anima moriemur in vna.

Quoy que nous soyons deux en effet, l'Amour neantmoins nous a si bien joints, qu'il semble que nous n'ayons plus qu'vne ame.

57 L'Amour les joint.

QVOY que ces deux Palmiers ne se puissent iamais toucher, ils ne laissent pas neantmoins de s'aymer. Et representent parfaitement ces amitiez veritables, qui ont vn objet plus releué que le sensible & le brutal.

LE but de l'Amour ne doit point estre la possession, tant qu'il reside dans l'appetit raisonnable : on le nomme affection, quand il descend dans le sensitif, il se contente du nom de passion; Et s'il veut passer pour veritable amitié, il faut qu'il s'appuye de la vertu, il faut qu'il s'establisse sur l'honnesteté, ou qu'il renonce à la premiere loy que luy prescrit Ciceron, *lib.* I. *de Amic. Hæc igitur prima lex amicitiæ sanciatur, vt ab amicis honesta petamus, amicorum causa honesta faciamus*, c'est à dire que nous ne deuons rien demander à nos amis, ny faire à leur occasion que d'honneste.

59 Elle s'ayment sans se toucher

LE poids de l'Amour eſt bien different des autres, qui retiennent immobile la perſonne qui leur eſt attachée; il éleue le courage de l'vn, il abbaiſſe la naiſſance de l'autre; il éuertuë le timide, il égaye le triſte & melancolique; il rajeunit le vieillard, il rafollit le ſage; en vn mot, l'on peut dire qu'il donne le mouuement à toutes les creatures.

VOvs auez bien fait paroiſtre, mon Dieu, que voſtre Amour eſtoit vn poids, & que ce poids donnoit le branle à toutes vos actions; vous eſtes deſcendu du Ciel, vous vous eſtes incarné dans le ventre d'vne Vierge, vous vous eſtes aſſujetty à nos miſeres; vous auez ſouffert des tourmens inconceuables, vous eſtes mort dans la violence des ſupplices, & tout cela pour des creatures qui en demeurent fort mécognoiſſantes.

De mon poids mon mouvement

61

LA condition des Princes ne souffre pas que cette belle vertu, qui se plaist à vnir si estroitement les cœurs où elle s'attache, joigne ceux où il y a tant d'inégalité; *Non bene conueniunt, & in vna sede morantur maiestas & amor.* Pour faire le personnage d'amy, il faudroit quitter celuy de Roy; pour esleuer quelqu'vn iusques à sa Majesté, il faudroit qu'elle s'abbaissast plus qu'elle ne sçauroit hausser; Toutes choses doiuent estre communes entre deux personnes qui sont étreintes par le sacré lien d'amitié; la Couronne & le Sceptre qu'il porte ne sont point communicables à d'autre teste, ny à d'autres mains que les siennes.

CEPENDANT nous pouuons contracter amitié auec le Prince des Princes, il est si bon, qu'il s'est abbaissé iusques à nous, serons-nous si lasches que de ne vouloir pas nous éleuer iusques à luy?

63 *Il n'y a point de rapport*

ESTENDONS l'explication de cet Emblême, afin de nous moins tromper : l'Amour du monde est tousiours nuisible, de quelque façon que vous le preniez : Soit que vous aymiez, soit que vous ayez aymé, ie ne m'informe pas à quelle fin ; Ne se trouue-t'il pas beaucoup de momens, dans lesquels les suites de cet Amour seruent de matiere à vos regrets ?

SI vous estes si heureux que de ne l'auoir point experimenté iusques à present, ie ne vous conseille pas de commencer ; contentez-vous de vous en rapporter aux autres qui ont esté assez simples pour suiure cet aueugle, lequel veritablement a raison de se boucher les yeux ; car s'il voyoit la fin miserable où il precipite ceux qui sont atteints de ses flesches empoisonnées, & de son brandon furieux, il auroit pitié de leur desastre, & ne feroit pas tant de rauage dans le monde.

Combien

Careſſes nuiſibles.

COMBIEN d'Amoureux ont fait la mesme chose ? au commencement leur inclination estoit fort debile, & leur complaisance estoit comme le foible filet de ce ver à soye : mais qui grossissant par ses replis, & se meslant par ses allées & venuës, forme enfin cette époisseur si solide, qu'il est contraint d'y demeurer renfermé. Car cette complaisance deuenuë Amour, cet Amour a si bien captiué leur sens & leur raison, qu'ils se sont mis en pire estat que les plus reserrez prisonniers.

PVISQVE vous vous plaisez si fort dans la captiuité, changez ces fers en des chaisnes qui soient d'or :

Ament & aurea erunt vincula.

Aymez ce qui merite de l'estre, & vous pourez vous glorifier de vos liens, comme saint Paul autrefois tiroit auantage des siens, *Vnusquisque suis vinculis glorietur, sicut gloriabatur Paulus dicens : Paulus vinctus* IESV CHRISTI. Ambros.

ME IPSVM HOC CARCERE CLAVSI

Je me suis moy mesme emprisonné.

67

COMBIEN de gemissemens, combien de sanglots, combien de soûpirs? en vn mot combien de larmes espargnées, si le feu d'Amour n'embrasoit plus de cœurs?

CE sont veritablement ces larmes eschauffées par le feu de l'Amour qui sont precieuses deuant Dieu; Celles d'Antiochus, quoy que continuelles, ne sont point exaucées; celles de la Magdelaine reçoiuent d'abord leur recompense; pourquoy cela? c'est que les taches de nostre ame ne s'effacent iamais par l'eau froide, comme celles du drap & du linge ne s'emportent dans les laissiues qu'auec la chaude; si donc vous vous apperceuez de quelque soüilleure interieure, ayez recours aux larmes, elles y remedieront sans doute, pourueu qu'elles soient éleuées par la chaleur d'vn brasier diuinement amoureux.

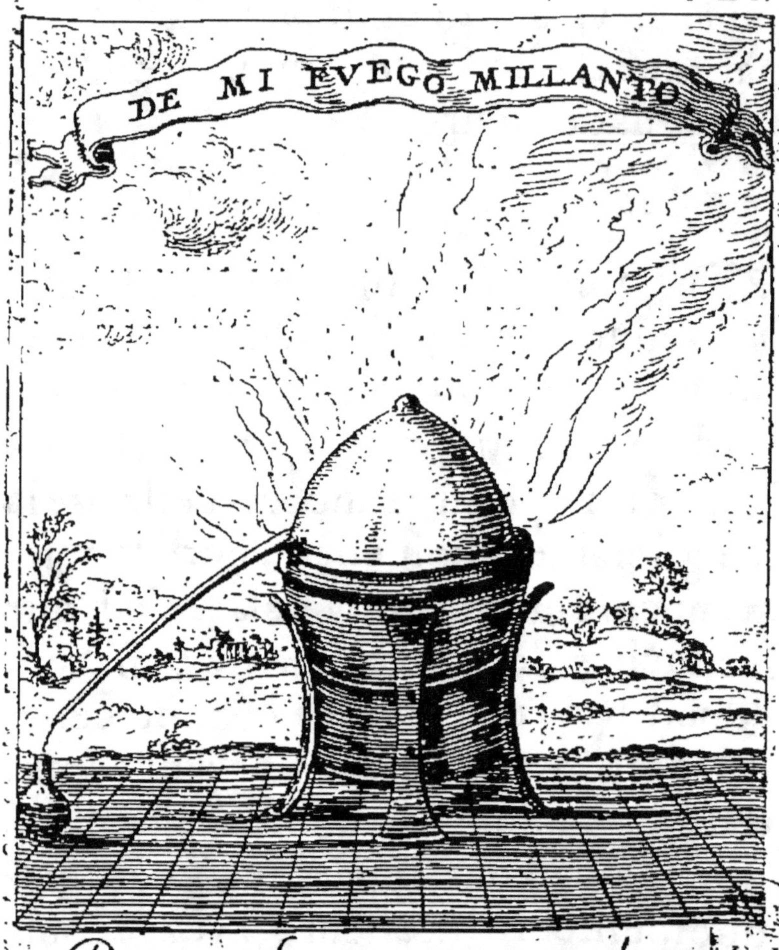

69 *De mon feu viennent mes larmes.*

IE ne m'informe pas ſi cette bonne odeur qui flatte maintenant mon odorat, ſe diſſipe par les trous de cette caſſolette; Pourquoy voulez-vous que ie me mette en peine ſi cet objet, qui ne peut ſatisfaire que le dernier de mes ſens, ſera de longue durée? Il m'importe bien peu qu'il periſſe, pourueu que dans ce moment il me plaiſe.

BELLE reſolution pour vn Amant, mais indigne d'vn homme raiſonnable; auſſi renonces-tu à cette derniere qualité, puis que ſuiuant les traces de l'Amour aueuglé, tu confirmes la penſée de Democrite qui le nommoit le ſonge des fols, & l'imagination des viuans; & te mets en eſtat de ne pouuoir rien entreprendre de ſublime, ny releué: *Nihil enim altum, nihil magnificum ac diuinum ſuſcipere poſſunt, qui pecudum ritu ad voluptatem omnia referunt.*

71 *Quil perisse pourueu quil plaise*

LE feu qui a si peu de chaleur est proche de s'éteindre, & celuy qui ayme froidement, est sur le poinct de n'aymer plus du tout; Ceux qui vsent en ce rencontre de moderation, sont soldats timides, indignes de la milice d'Amour, qui veut que l'on s'engage, & que l'on s'auanture en sorte dans la mélée, que l'on se perde en soy-mesme, pour ne se plus trouuer que dans l'objet aymé.

NE faites pas le tort à cette maxime que de la restraindre, elle a lieu par tout où l'Amour pretend quelque empire; vous l'auez veu, & peut-estre pratiqué dans celuy du monde; Voicy Saint Denis qui l'establit dans le Diuin, *Amor suo statu dimouet amatores, sui iuris esse non sinit, sed in ea quæ amant penitus transformat.*

73 *Il est prest de s'esteintre*

C'Est dans cette épreuue que l'on purge les metaux de toutes leurs imperfections, c'eſt par ce feu que l'on diſtingue leur alloy different, c'eſt en ce lieu que l'on iuge de leur validité; Ce que fait le feu materiel ſur l'or & ſur l'argent, celuy de l'Amour l'execute ſur les eſprits des humains; mais prenons vne ſeconde explication.

Cette forge peut repreſenter le monde, le feu ſera le ſymbole des tribulations, dans leſquelles le juſte ſe trouue ſouuent entre les mains de Dieu, comme cet or en celles de l'Orfevre; C'eſt à dire qu'il y eſt purgé de toutes les ordures du peché, que ſa conſtance y eſt éprouuée, & qu'il y eſt reconnu pour tel qu'il eſt veritablement & d'effet.

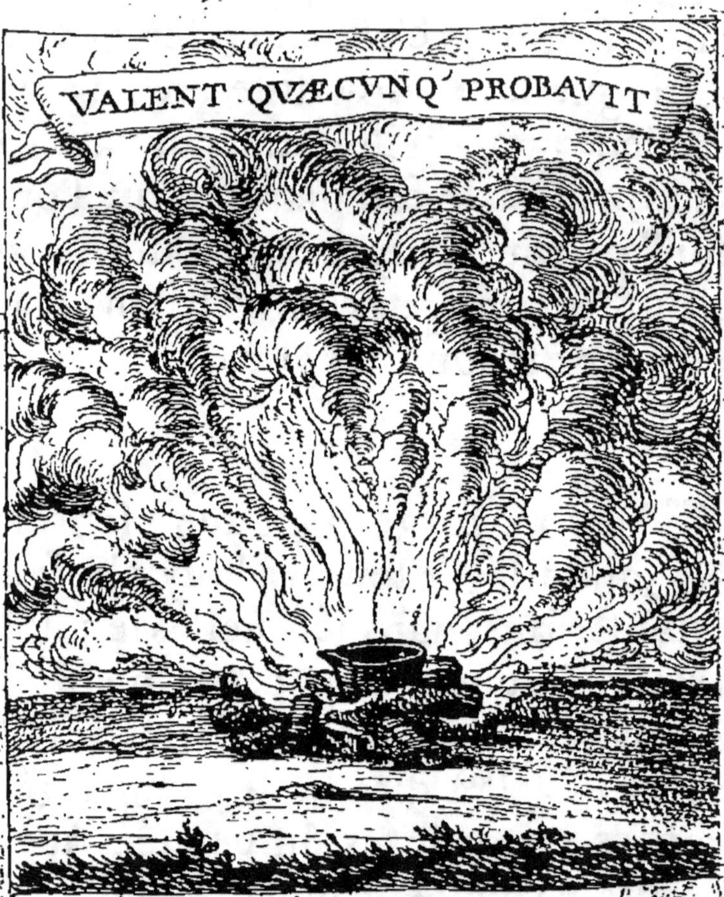
VALENT QVÆCVNQ PROBAVIT

75 Bon par espreuue.

LA Lune tire toute ſa beauté, tout ſon éclat, toutes ſes lumieres, de celle du Soleil; ainſi les femmes doiuent tirer leur luſtre, & tous leurs auantages de leurs maris.

ICy quelque Dame me prendra peut-eſtre à partie, de ce que ie la compare à la Lune; Mais outre que ie ne ſuis pas le premier, & que ce ſexe trop ſouuent tient du caprice de cet Aſtre, on peut adjouſter cette conformité à celles de noſtre Siecle, qu'elles ne paroiſſent iamais plus ſombres & plus difformes qu'en la preſence de leurs maris; qu'elles ne commencent leurs courſes que quand leur aſtre medite ſa retraite; & que pour imiter parfaitement la Lune, elles reuiennent à la maiſon bien peu auparauant que leur Soleil ſoit obligé d'en ſortir.

FRATERNIS AVREA FLAMMIS

Son esclat vient de son semblable

77

CETTE Eſtoile que tu contemples attachée dedans le Ciel, eſt la meſme qui reluit icy ſur la terre ; & cet Aſtre viuant qui fait le ſujet des admirations d'vne partie du monde, & qui éclatte icy bas, n'eſt que la figure de ce que tu vois repreſenté dans le Firmament.

NE vous ſemble-il pas que ie veuïlle faire icy vne reſtitution, & que ie medite de rendre aux ſages filles, ce que i'ay taſché d'oſter aux femmes imprudentes, auſquelles ſeules i'ay eu deſſein de parler dans l'application precedente : Oüy certes, ie le ſouhaitterois de grand cœur, & auec raiſon ; puis que celles-cy ne ſçauroient eſtre tant loüées, que celles-là meritent d'eſtre blaſmées.

79 *Elle luit en terre.*

CE pauure animal pleure en quittant ce que les autres se faschent bien fort de porter : Belle consolation pour ceux à qui le malheur du Siecle a voulu donner vn semblable ornement de teste.

IL y en a beaucoup, qui quoy que raisonnables en apparence, imitent cet animal en effet ; Et dans la peruersion du Siecle où nous viuons, il se trouue des hommes assez infames pour souffrir ce des-honneur en leur famille, pour y prester consentement ; & qui pis est, il s'en rencontre qui regrettent la perte d'vn qu'ils nomment leur amy, parce que preferans le bien à l'honneur, ils sont contens qu'ils leur rauissent celuy-cy, pourueu qu'ils augmentent le reuenu de l'autre.

OTROS LLORAN LOS QVE TIENEN

Il pleure ce dequoy les autres rient
81

COMBIEN de perſonnes s'eſtimeroient heureuſes, ſi elles pouuoient, ie ne dis pas tous les ans, comme fait cet animal, mais ſeulement vne fois dans léur vie, mettre bas ces fruits dont elles ſont redeuables aux liberalitez de leurs femmes, & courtoiſies de leurs amis.

HEVREVX qui ſe peut dégager de toutes les infamies qu'apporte le peché.

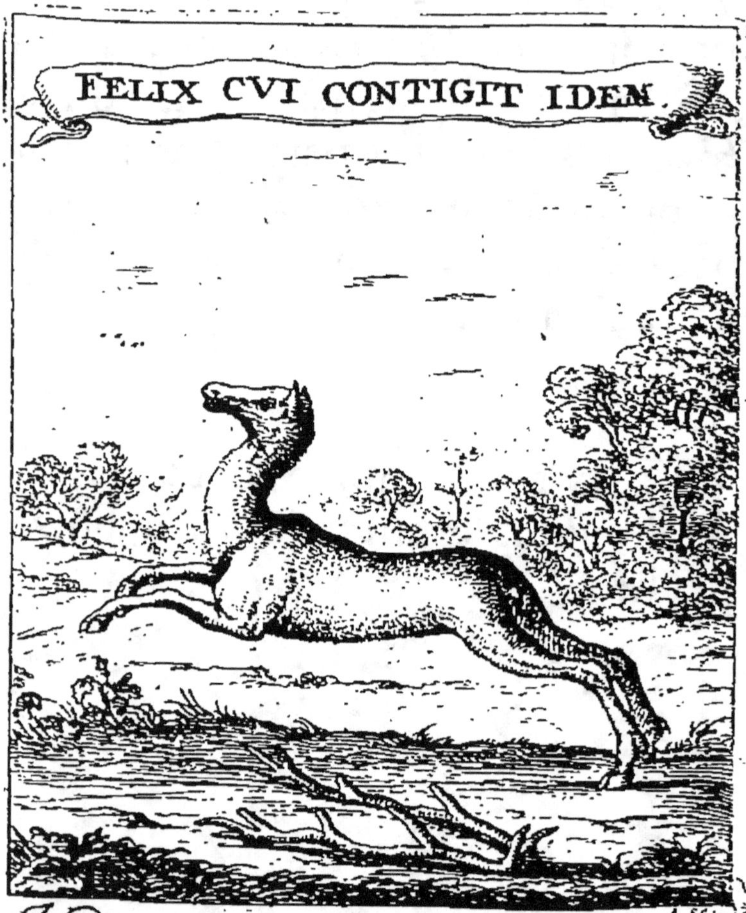
FELIX CVI CONTIGIT IDEM.

Heureux qui en peut autant faire.

83

AMANT qui vous amusez à former des chimeres dans cette solitude, & à forger des songes pour entretenir vos melancoliques réueries, si vous fuyez le langage des viuans, & que la voix animée soit importune à vos oreilles, voicy vn mort qui ne se fait entendre que par signe, c'est Ouide qui vous dira par les yeux, qu'il n'y a rien de pire à vostre mal, que les lieux solitaires,

—— *Loca sola nocent, loca sola caueto.*

NE vous imaginez pas que ie veüille icy taxer toutes sortes de solitudes, ie ne parle point de ces retraites dans lesquelles Dieu promet de se communiquer, *Ducam eam in solitudinem, & loquar ad cor eius.* Ie sçay bien que Iesus-Christ cherit particulierement les lieux solitaires, *Christus secretum quærit, & solitarium locum diligit*, saint Bernard.

85 *Fuis la solitude.*

L'HOMME que tu vois à l'ombre de cet arbre, n'éuite pas la plus grande chaleur; l'épaisseur de ses fueilles & l'abondance de ses branches, peuuent garantir son corps des rayons du Soleil, mais elles ne sont pas capables de mettre son cœur à l'abry des étincelles du feu d'amour, puis qu'insensiblement elles se glissent par ses yeux.

PENDANT que cet homme trauaille à se garantir de l'ardeur du Soleil, qui n'est capable que d'échauffer vn peu sa peau, il allume par le regard illegitime de cette Femme, vn feu dans son sein, qui apres auoir destruit toutes les parties de son corps, fera brûler eternellement son Ame dans les Enfers, sans que la suite des Siecles en voye iamais la consommation.

NON SIC OMNIS VITABITVR ARDOR

87 *Il ne se garantit pas de tout le chaux*

QVE vostre volonté fasse sur vos passions, ce que les dents de ce Castor executent sur l'origine de la plus forte de toutes.

CET animal pour sauuer sa vie, coupe hardiment ce qu'il doit auoir de plus cher; que dois-tu faire raisonnable, qui as vne Ame à sauuer? Eloigne de toy ce qui te peut retenir; détruis ce qui t'empesche d'aller; retranche toutes les affections qui te pourroient faire tomber entre les griffes de tes Ennemis; car apres tout, il est meilleur d'entrer dans le Ciel manchot ou boiteux, que d'estre precipité dans le profond des Enfers auec deux jambes & deux bras.

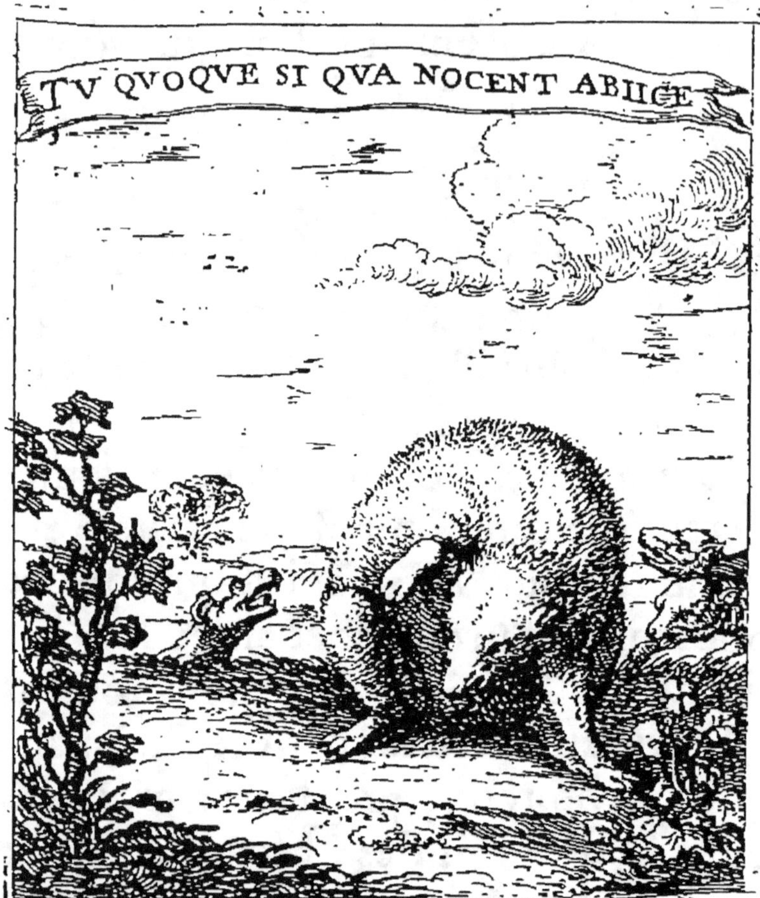
TV QVOQVE SI QVA NOCENT ABIICE

89 Oſte ta ruine .

NE vous ſemble-t'il pas que cet Elephant eſt vaincu ? & cependant il écraſera bien-toſt par ſa cheute le Serpent qui le tuë ; nous pouuons à ce propos rapporter ce que dit Properce,

—— Certè vertuntur amantes,
Vinceris & vincis, hæc in amore rota eſt.

L'action de l'amitié eſt circulaire, celuy qui paroiſt victorieux, dans vn moment ſe confeſſera vaincu, & ce vaincu ſe glorifiera dans vn ſecond moment de la victoire.

AINSI en arriue-t'il dans ces ſainctes Ames que le Demon ſemble accabler de toutes ſortes d'infirmitez, c'eſt pour lors qu'elles triomphent plus glorieuſement de ſes attaques, & qu'elles peuuent veritablement dire auec ſaint Paul, *Tunc cum infirmor potens ſum.*

91 *Le victorieux est vaincu.*

CE n'eſt pas ſeulement dans les animaux priuez de raiſon, que ſe trouue la verité de cette deuiſe; il ſe rencontre ſi peu de raiſonnables, qui ne quittent auſſi bien que cette Chienne ce qu'ils cheriſſent auec le plus de tendreſſe, lors que les preſens jouënt leur jeu; que l'on peut conclure qu'il n'y a point d'amitiez à l'eſpreuue des dons.

MAIS ie me trompe, nous n'en voyons que trop tous les jours qui ne ſe rendent point à Dieu, quoy qu'il les ſollicite de ſes graces. Et pour ne pas taxer les autres, nous ſommes dans vne ſi profonde ingratitude, que nous receuons ſes diuins preſens ſans aucune reconnoiſſance.

DONIS VINCITVR OMNIS AMOR

193 *Les presents sont plus forts que l'Amour.*

LEs diſputes moderées, les legeres oppoſitions, les jeux de main, & toutes ces petites piquotteries entretiennent l'Amour : les combats ou veritables ou imaginaires que l'on rend au dehors contre les vns & les autres, le fortifient ; & ces grands aſſauts que ſe liurent nos appetits en nous meſmes, ne ſeruent qu'à y eſtablir plus ſolidement ſon trône.

SI donc vous voulez vous guerir de cette paſſion agreablement importune, negligez-là ; ne ſongez point qu'elle vous poſſede ; n'entrez pas en lice meſme pour la deſtruire, & ie vous donne parole apres Ouide, qu'elle ne vous tourmentera pas long-temps,

Non bene ſi tollas prælia durat amor.

Car il eſt indubitable, que l'Amour ne peut ſubſiſter ſans combat.

95 Le Combat l'entretient.

DANS le vol, les Faucons femelles sont plus estimées que les masles; & dans l'Amour les femmes l'emportent sur les hommes; car soit que nous considerions la tendresse, soit que nous regardions la violence, soit que nous examinions les delices dont elles assaisonnent cette passion, il faut auoüer qu'elles y excellent.

POUR ce qui est de l'Ame, l'homme n'a point de preéminence sur la femme, ils partagent également les merites & le Paradis; mais la femme l'emporte dans les graces speciales qu'elle a obtenuës au dessus de l'homme dans le premier ordre de la creation; elle a esté creée la derniere comme la plus parfaite; c'est elle qui commence le repos de Dieu, car il cessa de créer apres la perfection de la femme.

MARES HÆC FŒMINA VINCIT

97 *Cette femeste l'emporte sur le masle*

CE rouge qui ſe trouue entremeſlé de blanc ſur les fueilles de cette roſe, en releuent fort bien l'éclat: ce petit vermillon que produit la pudeur ſur le teint d'vne fille qui ne ſçait pas encore ce que c'eſt que d'aimer,

Pallétque, rubétque flamma recens,

donne bien du luſtre à ſa blancheur; tu croyois ſon viſage auſſi blanc que le lys, maintenant qu'il eſt parſemé de roſes, tu luy fais diſputer auec la neige.

C'EST veritablement dans ces grands Saints qui ont ſouffert le martyre pour maintenir leur virginité, que ſe trouue l'application naïfue de cette deuiſe; puis que leur ſang ſortant tout rouge de leurs veines, & marquant les ſouffrances ſur leurs corps, conſeruoit la blancheur de leurs Ames innocentes.

CANDOREM PVRPVRA SERVAT

99 *Le vermillon releue ſa blancheur*

SI celuy qui décoche cette fléche, a eu dessein de percer ce cœur, n'est-il pas vray que sa main ne pouuoit pas seruir plus fidelement sa pensée ; ha ! que l'œil de cette Fille a bien secondé les mouuemens de son Ame, si elle a eu dessein par le traict qu'elle a lancé, de navrer mon cœur !

NE vous semble-t'il pas voir celuy de l'Espouse aux Cantiques, *Charitate vulnerata ego sum* ; Ie suis blessée, dit-elle, de la charité ; d'où vient cette playe ? Sans doute que c'est de ces fléches aiguës dont parle le Psalmiste, & qu'vn Pere de l'Eglise explique des paroles de Dieu, qui ne manquent point de produire le veritable amour dans les cœurs qui les reçoiuent, *Verba cor transfigentia amorem excitantia.*

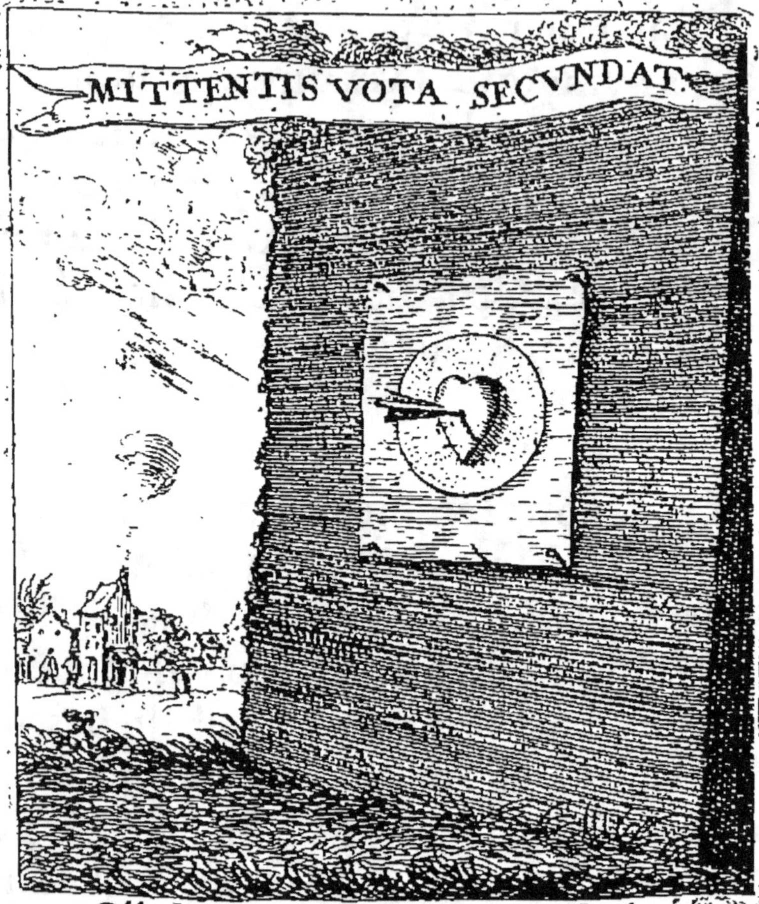
MITTENTIS VOTA SECVNDAT

101. *Elle correspont a son souhet*

MAIS donnons vne autre explication à la deuise precedente, puis qu'il est temps de finir. Si ce Liure peut contribuer la moindre chose à la satisfaction du Lecteur, *Mittentis vota secundat*, il satisfait & appuye les desseins de celuy qui le donne au public.

FIN.

www.ingramcontent.com/pod-product-compliance
Lightning Source LLC
Chambersburg PA
CBHW071105260626
47162CB00006B/2221
* 9 7 8 2 0 1 9 4 8 9 6 8 7 *